AF451648

CURIOSITÉS

EXPOSITION PUBLIQUE

LE MARDI 24 NOVEMBRE 1874

COMMISSAIRE-PRISEUR	EXPERT
Mᵉ CHARLES OUDART	M. L. BLOCHE

IMPRIMERIE J. CLAYE
RUE SAINT-BENOIT 7
PARIS

CONDITIONS DE LA VENTE.

Elle sera faite au comptant.

Les acquéreurs payeront *cinq centimes par franc*, en sus des enchères, applicables aux frais.

L'Exposition mettant les Adjudicataires à même de se rendre compte de l'état et de la nature des objets, il ne sera admis aucune réclamation une fois l'adjudication prononcée.

CATALOGUE

DE

CURIOSITÉS

BELLES ARMES, FERS

IVOIRES, OBJETS DE VITRINE, CUIVRES, PORCELAINES

FAÏENCES, MEUBLES, BOIS SCULPTÉS

BELLES TAPISSERIES, TABLEAUX

Dont la Vente aura lieu

HOTEL DROUOT, SALLE N° 5

Le Mercredi 25 Novembre 1874

LE CATALOGUE SE TROUVE CHEZ

Mᵉ CHARLES OUDART	**M. L. BLOCHE**
COMMISSAIRE-PRISEUR	EXPERT
31, rue Le Peletier	19, boulevard Montmartre

EXPOSITION PUBLIQUE

LE MARDI 24 NOVEMBRE 1874

DÉSIGNATION

ARMES

1. — Très-belle Épée du XVIᵉ siècle, en fer, garde à coquille en repercé, offrant des mascarons et des arabesques.

2. — Belle Épée espagnole en fer, garde à coquille, finement repercée, époque du XVIᵉ siècle.

3. — Belle Épée allemande en fer, garde au repoussé à dragons et feuillages, époque du XVIᵉ siècle.

4. — Jolie Épée en fer, travail italien du XVIᵉ siècle, garde en repercé.

5. — Épée en fer de l'époque *Henri IV*, garde à coquille.

6. — Épée en fer de l'époque *Henri IV*, garde à coquille.

7. — Épée en fer de l'époque *Henri IV*, garde à coquille.

8. — Beau Fusil de rempart du XVIIᵉ siècle, daté de *1614*. Bois enrichi d'incrustations d'ivoire, platine gravée.

9. — Pistolet saxon, à rouet du XVIIᵉ siècle, bois incrusté d'ivoire.

10. — Petite Arquebuse de l'époque *Henri IV*, platine gravée.

11. — Arbalète à jalet en fer, du xvıᵉ siècle.

12. — Jolie Dague, époque du xvᵉ siècle, manche en fer damasquiné d'argent.

13. — Fourreau de dague suisse en fer repoussé, offrant des personnages et des mascarons, rehaussé de vestiges d'or, travail du xvıᵉ siècle, daté de *1585*.

14. — Casque dit *Bourguignotte*, du xvıᵉ siècle, offrant au sommet des chimères au milieu d'arabesques fine- ment gravées.

15. — Casque dit *Bourguignotte*, en fer gravé du xvıᵉ siècle.

16. — Casque à grille en fer, travail du xvıᵉ siècle.

17. — Casque d'archer anglais en fer, du xvııᵉ siècle.

18. — Cotte de maille du xvıᵉ siècle.

19. — Poudrière du xvᵉ siècle, offrant en bas-relief sur corne de cerf un épisode de l'histoire de Judith.

20-21. — Deux Poudrières en cuir monté en fer, du xvᵉ siècle.

22. — Hache indienne.

23-24. — Deux Épées de combat.

25-26. — Deux Sabres de combat.

27. — Six Pièces, montures d'armes en fer damasquiné.

FERS, IVOIRES, OBJETS DE VITRINE

28. — Coffret à dos d'âne du xvᵉ siècle, en albâtre décoré et monté en fer repercé, rehaussé de vestiges d'or.

29. — Deux Moules à gaufres en fer finement gravé du xvıᵉ siècle, datés *1504*.

30. — Beau Plat en étain par *Enderlein (Gaspard)*, offrant au centre en ressaut un médaillon à sujet en repoussé, sur le marly et au bord des médaillons et des ornements en gravure; au revers la médaille ou cachet du maître.

31. — Jolie Lampe en bronze sous forme de tête monstrueuse, travail du xvıᵉ siècle.

32. — Médaillon en terre de *Rini* (*signé*) représentant en bas-relief *Franklin*.

33. — Dix Camées, anciens bustes d'empereurs romains sur matières orientales à plusieurs couches. (Sera divisé.)

34. — Belle Bonbonnière en ivoire de l'époque *Louis XIV*, offrant sur le couvercle et dessous de charmants sujets mythologiques finement sculptés en bas-relief.

*

35. — Charmant Dévidoir en ivoire époque *Louis XV*, offrant en bas-relief des animaux qui se jouent au milieu d'enroulements et de rocailles.

36. — Couvert de voyage, fourchette et couteau de l'époque *Louis XIII*, manches en ivoire offrant en ronde bosse des groupes de personnages.

37. — Belle Coupe en lapradore taillé à côtes et monture en argent émaillée de fleurs époque *Louis XIII*.

38. — Couteau époque *Louis XIII*, manche en ivoire représentant un groupe d'animaux qui s'entre-dévorent.

39. — Petit Couteau de l'époque *Louis XIII*, manche en argent repercé, offrant des médaillons à figures et des ornements.

40. — Belle Montre en cristal de roche, du xvie siècle, forme ovale, cuvette évidée et taillée à côtes, boîtier taillé à facettes, cadran émaillé.

41. — Couteau époque *Louis XIII*, manche en argent représentant un groupe d'enfants.

42. — Couteau du xvie siècle, manche en fer garni de plaquettes de nacre et se terminant en tête d'aigle sur feuille d'acanthe.

43. — Grattoir du xve siècle, en fer rehaussé de vestiges d'or, dans son étui en cuir gaufré et doré.

44. — Couvert de voyage en fer, travail du xvie siècle, dans

un joli étui en cuir gaufré, rehaussé d'or et incrusté
de plaquettes de verre.

45. — Petit Nécessaire de poche avec ustensiles en fer gravé
offrant l'inscription : D. MELCHO RAHORERA.
Étui en peau.

46. — Petit Couteau époque *Louis XIII,* manche en ivoire.

47. — Cinq Couteaux époque *Louis XVI,* manche en nacre
gravée.

48. — Jolie Tondeuse *mignonnette* en fer, partie dorée et partie
gravée, du xv⁵ siècle.

49. — Tondeuse en fer, du xvᵉ siècle, ornée d'applications de
nacre.

50. — Petite Tondeuse du xvᵉ siècle, dans son étui en fer
gravé.

51. — Paire de Ciseaux en fer damasquiné d'or, dans leur
étui du même genre; travail du xvıᵉ siècle.

52. — Éprouvette à poudre en fer gravé à fleurs de lis et
initiales R et X; époque *Renaissance.*

53. — Couronnement de hallebarde en fer découpé du
xvıᵉ siècle.

54. — Instrument de maréchal ferrant en fer, représentant
un lion en ronde bosse; travail du xvıᵉ siècle.

55. — Couteau en fer, à plusieurs lames, époque *Louis XIII,*
de BIAGIO MAGALDI DI BUCCINO.

56. — Cachet en fer gravé aux armes de la reine Marie de
Médicis; travail du temps.

57. — Tenaille en fer gravé du xvi⁰ siècle.

58. — Ustensile pour échanson formant marteau, foret et
tire-bouchon, en fer gravé, avec inscription : *Per
Morisa di Roma,* du xvi⁰ siècle.

59. — Manche de Poignard en fer repercé, offrant des palmes
et des ornements; travail de la *Renaissance.*

60. — Jolie Clef en fer repercé, à quatre pans, rouleau à
mascarons, panneton en peigne et en grecque;
travail du xv⁰ siècle.

61-62. — Deux Clefs en fer repercé; travail du xvi⁰ siècle.

63. — Cache-Serrure en fer, forme monument, à colonnettes
détachées, rehaussé de vestiges d'or; travail du
xv⁰ siècle.

64. — Batterie en fer gravé, offrant une couronne et les
initiales *CF,* du xvii⁰ siècle.

65. — Instrument de géomètre en fer gravé, manche partie
en bois, partie en-ivoire, offrant une suite de médaillons à sujets allégoriques et à écussons en gravure, xvii⁰ siècle.

66-67. — Deux Statuettes d'enfant, en bronze doré, époque
Louis XIV.

68. — Chaufferette en cuivre, époque *Louis XIV*.

69. — Garniture de foyer en cuivre, époque *Louis XIII*.

70. — Grande Fontaine en cuivre repoussé, époque *Louis XIII*.

71. — Autre Fontaine; travail hollandais.

72. — Paire de Chenêts en cuivre, époque *Louis XV*.

73. — Veilleuse mauresque en cuivre.

PORCELAINES, FAÏENCES

74. — Paire de Vases en faïence de Delft, décor à figures bleu et blanc.

75. — Cornet en faïence de Delft, décor bleu et blanc.

76. — Vase en faïence italienne.

77. — Chandelier en porcelaine de Saxe.

78. — Pièce de surtout en porcelaine bleu et blanc.

79. — Soupière avec plateau en faïence de Suède.

80. — Cache-Pot en faïence de Rouen, décor polychrome.

81. — Cache-Pot en faïence de Strasbourg.

82. — Beurrier en porcelaine de Saxe, décor à fleurs.

83. — Deux petites Figurines en porcelaine de Saxe.

84. — Soupière en faïence de Strasbourg.

85. — Deux Cruches en grès.

86. — Beurrier en faïence de Delft.

MEUBLES, BOIS SCULPTÉS

87. — Belle Statue en bois sculpté, représentant un guerrier
suisse ; du xvie siècle.

88. — Jolie Crédence style gothique, en bois sculpté, ornée
d'une armoirie et de plaque de serrure en fer
découpé.

89. — Autre Crédence dans le même genre.

90. — Deux belles Chaises *Renaissance*, en velours de cou-
leur et garnies de franges.

91. — Deux Chaises en cuir gaufré et cloutées, époque
Louis XIII.

92. — Chaise en bois sculpté, ornée d'incrustations, époque
Louis XIII.

93. — Belle Console en fer forgé, à grands ornements ; travail de l'époque *Louis XIII*.

94. — Fauteuil *Louis XIII*, recouvert en tapisserie verdure.

95. — Petit Meuble en marqueterie.

96. — Deux Chaises en marqueterie, travail hollandais, couvertes en tapisserie.

97. — Petite Glace avec cadre en bois sculpté, travail italien.

98. — Armoire en bois sculpté, travail normand et ancien.

99. — Quatre Chaises anciennes, recouvertes en velours rouge.

100. — Grand et beau Bureau plat, à quatre faces, en bois de rose et palissandre, garni de bronzes dorés.

101. — Commode en acajou, pieds cannelés, garnie de plaques de serrure en bronze doré, époque *Louis XVI*.

TAPISSERIES

102. — Belle Tapisserie du xvie siècle, sujet à personnages historiques.

103. — Bandeau en tapisserie du xve siècle, représentant Jésus inspirant les pasteurs.

104-105. — Deux grandes Tapisseries, sujets de chasse, époque *Henri IV*, avec bordure à médaillons, fleurs et attributs.

106. — Carré de tapisserie, époque *Louis XIII*, sujet à personnages.

TABLEAUX

107. — Portrait de dame de qualité, époque *Louis XIII*, représenté en buste. Cadre en bois sculpté.

108. — Portrait d'homme de l'époque *Louis XIII*. Cadre en bois sculpté.

109. — Deux Sujets allégoriques de l'école de David.

110. — Sujet de l'école italienne.

111. — Sujet à plusieurs personnages du xvie siècle, école allemande.

112. — Objets omis.

PARIS. — J. CLAYE, IMPRIMEUR, 7, RUE SAINT-BENOIT. — [2000]

www.ingramcontent.com/pod-product-compliance
Lightning Source LLC
LaVergne TN
LVHW012159170726
843503LV00009B/4275